Deaf

Republic

聋哑剧院之夜

[美] 伊利亚·卡明斯基 著
王家新 译

Deaf Republic

"疯狂而美丽的自由"

——关于卡明斯基的《聋哑剧院之夜》

"再一次,一句有益健康的话浮现:最主要的事情是构思的宏伟。"在阿赫玛托娃的晚年给尚年轻的布罗茨基的信中曾这样引证了他本人的这句话。

的确,布罗茨基早年的惊人之作《献给约翰·邓恩的哀歌》,"最主要的"就是"构思的宏伟"。读这首长篇挽歌,我们不能不为诗人所展现的非凡构思和气象所折服。难怪那时阿赫玛托娃逢人便说布罗茨基的诗是"俄罗斯的诗歌想象力并没有被历史拖垮"的一个有力证明!

如今,我们又读到一位阿赫玛托娃、曼德尔施塔姆、茨维塔耶娃的精神传人,来自乌克兰的美国移民诗人伊利亚·卡明斯基(Ilya Kaminsky)的"构思宏伟"的力作——他近十多年来倾心创作的带有诗剧性质的抒情诗集《聋哑剧院之夜》(原诗集名为 Deaf Republic)。

《聋哑剧院之夜》于2019年在美国和英国相继出版,是卡明斯基继《音乐人类》(Musica Humana)、《舞在敖德萨》(Dancing in Odessa)之后的第三部英文诗集,它进一步展现了卡明斯基不同凡响的心灵禀赋和诗歌才华。《聋哑剧院之夜》出版后,在美英广受好评,在美国获得《洛杉矶时报》

图书奖、美国"国家犹太图书奖",入围当年美国"国家图书评论奖"等;在英国获得"前瞻诗歌奖""T.S.艾略特奖"。《聋哑剧院之夜》还被美国国家公共电台,《华盛顿邮报》《纽约时报书评》《时代文学》增刊,英国《金融时报》《卫报》,爱尔兰《爱尔兰时报》等评为年度最佳图书。以下为几则著名诗人、作家的评语[1]:

一个诗人如何使沉默可见?一个诗人如何阐释并照亮我们共同的聋哑?这是一本卓越的书,是我们时代最伟大的交响乐曲之一。一次深深的鞠躬。——科伦·麦凯恩(Colum McCann)

他的诗令人脉搏加速跳动,如未被埋葬的矿藏闪耀,在想象力、政治、道德和个人的领域中全面开花,是一部雷霆般令人震惊的著作。——简·赫希菲尔德(Jane Hirshfield)

我读《聋哑剧院之夜》时,带着一种极大的兴奋和深深的惊奇,这些书页中散发着愤怒、急迫和力量,还有一种伟大的救赎之美。伊利亚·卡明斯基的词语带有一种电流般的新鲜的嗡嗡声;阅读它就好像把你的手放在活生生的诗歌电

---

[1] 本文中所引诗人、作家对《聋哑剧院之夜》的评语,均见《聋哑剧院之夜》中译本附录:"《聋哑剧院之夜》书评摘要和评论"(王家新译)。

线上。他是他们这一代中最有光彩的诗人,是世界上少数的天才之一。——加思·格林威尔(Garth Greenwell)

这些赞语都带有一种初读的兴奋感和欣悦之情,我们很难说它们不够冷静。也许有人认为评价过高,但对我来说,这部诗集起码具有足够的魅力,它的每一首诗都在吸引我读下去。它既是紧张刺人的,又是美妙轻盈的。它有一种令人惊异的美和新鲜感,从整体上看,它又是"一本高度娴熟、精心锻造的书"。我读过不少卡明斯基早期的诗,这部诗集仍大大超出了我的预期。

而这部激动人心的抒情诗剧是如何构思的?它又是如何开始的?——它从一个聋男孩对占领军的一声"呸"开始。

这个聋男孩,也就是卡明斯基一直携带在他自己身上的那个来自敖德萨的在四岁时因医生误诊而失去听力的男孩,来自他在异国所不能忘怀和遥望的童年故乡……

而那个聋男孩的一声"呸",来自童贞,也来自卡明斯基自己所译介的茨维塔耶娃。在卡明斯基和美国女诗人吉恩·瓦伦汀合作译介的《黑暗的接骨木树枝:玛丽娜·茨维塔耶娃的诗》(2012)的长篇后记中,他这样介绍这位他热爱的俄罗斯天才女诗人:

何谓茨维塔耶娃神话?一个诗人,她的生命和语言都很极端、陌异,不同于其他任何人。是的,她的生命就是她的时代的表现。

一个女人,逃避,奔跑,叫喊,停顿,并留在沉默里——沉默,那正是灵魂的喧嚷声:"但是我们站立……只要我们的嘴里还留着一口'呸'!"①

卡明斯基引用的这句诗,出自茨维塔耶娃的组诗《致捷克斯洛伐克的诗章》之六。茨维塔耶娃曾在捷克居住过三年多(1922—1925),视捷克为第二故乡。1938年9月捷克斯洛伐克苏台德省被瓜分,1939年3月,整个捷克斯洛伐克被德国法西斯占领。茨维塔耶娃对此感到震惊和愤怒,她随即创作了这组诗:

他们掠夺——迅速,他们掠夺——轻易,
  掠夺了群山和它们的内脏。
他们掠夺了煤炭,掠夺了钢铁,
  掠夺了我们的水晶,掠夺了铅矿。

甜糖他们掠夺,三叶草他们掠夺,
  他们掠夺了北方,掠夺了西方。
蜂房他们掠夺,干草垛他们掠夺,

---

① 伊利亚·卡明斯基《茨维塔耶娃神话,以及翻译》,王家新译,《上海文化》2013年11月号。

他们掠夺了我们的南方,掠夺了东方。

瓦里——他们掠夺,塔特拉——他们掠夺。
他们掠夺了近处,然后向更远处掠夺。
他们掠夺了我们在大地上最后的乐园,
他们赢得了战争和全部疆土。

子弹袋他们掠夺,来复枪他们掠夺。
他们掠夺了手臂,掠夺了我们的同伴。
但是我们站立——整个国家站立,
只要我们的嘴里还留着一口"呸"! [①]

一声"呸",一声最后的拒绝、蔑视和尊严——茨维塔耶娃的血流到了伊利亚·卡明斯基的身上。

这一声"呸",也为一个"良心共和国"定了音。曾身处北爱尔兰暴力冲突和伦理与写作困境中的诗人谢默斯·希尼,曾写下过组诗《良心共和国》("From the Republic of Conscience")。从伦理、政治和灵魂的种种层面上看,卡明斯基的《聋哑剧院之夜》,正是一个"良心共和国"。

只不过卡明斯基的构思和角度太巧妙了,也太富有诗的

[①] 茨维塔耶娃的这首诗及组诗《致捷克斯洛伐克的诗章》的其他诗见《新年问候:茨维塔耶娃诗选》(王家新译,花城出版社,2014)。

想象力了。他从自己的"聋"出发,从他所归属的"人民"的沉默与拒绝出发,从"诗的正义"出发,虚构了一个"瓦森卡"小镇聋哑人木偶剧团和居民们"起义"的故事。这部抒情诗剧的剧情跌宕起伏,读来紧扣人心。但这不是一个简单的反抗的故事。诗人所要做的,在我看来,不仅是"以童话来对付(历史和)神话中的暴力"(这是本雅明在论卡夫卡时所说的一句话),还如科伦·麦凯恩所说"阐释并照亮我们共同的聋哑"。

这甚至也不同于一般的"诗剧"(原版的《聋哑剧院之夜》也并没有标明这是"诗剧"),它就是诗——是带有叙述性的诗,但也是富有最奇绝的想象力的诗;是"冬天里的童话",最后也是悲剧——我们这个时代的悲剧;是折磨人的良心的"刑讯室",但也是天使蹦跳的楼梯!

作为一个诗人,卡明斯基这部诗集吸引我的,首先是他从聋哑人的"聋"和比画的"手势"出发所发明的一套"带有一种电流般的新鲜的嗡嗡声"的诗歌语言和隐喻,如作品开始部分的"——聋,像警笛一样在我们中间穿过",到后来的《蓝色锡皮屋顶上方,聋》:

一名士兵跪下乞求,而镇上的人摇头,指指他们的耳朵。
聋高悬在蓝色锡皮屋顶
和铜铁檐角的上方;聋
被桦树、灯柱、医院屋顶和铃铛喂养……

不仅有令人惊异的美，这些隐喻、描写和讲述也获得了更丰富、更深刻的意味。正是在"聋"的统领下，蓝色锡皮屋顶，镇上的男孩、女孩和居民们，复仇的阿方索以及铜铁檐角、桦树、灯柱、医院屋顶和铃铛，一起达到一个极限状态，共同构成了一个"聋哑剧院之夜"（即"良心共和国"）。

不仅是与"聋""手势"有关的隐喻语言，像"抱着那个孩子，好像吊着骨折的断臂，加莉亚慌张地走过中央广场""在大雪飘旋的街上，我站起来像根旗杆//没有旗帜"这样的叙述，也令人难忘。不仅如此，它们还与一种整体上的诗歌意识结合了起来。正如威尔·哈里斯所指出："瓦森卡镇的人民，震惊于对一个聋哑小孩的谋杀行动，他们'像人类旗杆那样站立'。通过他们的沉默，严格执行（的沉默），展示出的不仅仅是沉默的尊严，还是它们（沉默）的革命能力——一种警报的钟铃声，穿过并超出这些令人惊叹的诗歌本身。"

当然，这样来"概括"多少显得有点干巴。《聋哑剧院之夜》是一个多声部、多角度的充满魅力的艺术整体，或者说是一部"交响曲"。当然最后它必然带着一种悲剧的性质。到了《颂悼文》（"Eulogy"）这一首，诗的叙述者满怀着悲痛为他的主人公撰写颂悼文（"Eulogy"这个词的本义是指颂扬死者的悼词、悼文，据这首诗和整部诗集的性质，我译为"颂悼文"），"全剧"由此进入悲伤的音乐，并获得了一种巨大的感人的抒情力量：

你不仅要讲述巨大的灾难——

我们不是从哲学家那里听说的
而是从我们的邻居，阿方索——

他的眼睛闭上，爬上别人家的门廊，给他的孩子
背诵我们的国歌：

你不仅要讲述巨大的灾难——
当他的孩子哭啼，他

给她戴上一顶报纸做的帽子，挤压他的沉默
就像用力挤压手风琴的褶皱：

你不仅要讲述巨大的灾难——
而他演奏的手风琴在那个国家走了调，在那里

唯一的乐器是门。

三次重复的"你不仅要讲述巨大的灾难——"一次比一次更为悲伤和坚定（当然，也可以倒过来说）。这是悲剧主

人公的最后自白,也是叙事者在自言自语,巨大的悲伤把他推向了这一步(在《挽歌》中他甚至这样乞求:"……主: // 请让 / 我的歌舌 // 容易些。")——无力承受的惨败与背诵的国歌,赴死的父亲与哭啼的婴儿。但是让我们更为惊异的,是接下来的"给她戴上一顶报纸做的帽子,挤压他的沉默 / 就像用力挤压手风琴的褶皱",在至深的悲伤中竟出现了这一"神来之笔"!

而全诗的最后同样出人意料:"而他演奏的手风琴在那个国家走了调,在那里 // 唯一的乐器是门。"什么样的门?开着的门或关着的门?生之门或死之门?自由的门或监狱的门?这样的"乐器"在那样一种命运下又将如何"演奏"?

巨大的抒情力量与耐人寻味的隐喻,令人陶醉的美与噩梦般的现实,就这样在这部作品中相互交织和推进。这一切让我们着迷,但也让我们警醒。到了《断头台一样的城市在通往脖子的途中颤抖》这一首,不仅是"断头台一样的城市在通往脖子的途中颤抖",奋力杀了犯罪士兵的阿方索的手和嘴唇在颤抖,我们读者的内心也在"颤抖"。诗人把我们带向了这最严苛的,但也是让人不能不反身自问的一刻:

在上帝的审判中,我们会问:为什么你允许这些?
而回答会是一个回声:为什么你允许这些?

什么是"追问"和"沉默"?关于这类话题,已大量充斥于我们的诗学论述中。但卡明斯基这部作品的真实力量,在于他把我们带到了拷问的"现场":他着眼的不仅是表面上的东西,而且是在更高更严酷的戒律下,他把追问引向了我们自身更内在的伦理困境。是的,"回答会是一个回声",我相信它也将在每个读到它的读者那里引起一个回声。

正因为达到了这样的思想深度,所以《聋哑剧院之夜》不再限于是一出简单的道德剧了。在诗集第二幕的最后部分,我们看到的,是对于暴力和恐怖下的人们的恐惧,人性的懦弱和背信弃义的混合着沉痛和讽刺的无情揭示(虽然它表现起来也不无喜剧性)。当女主角加莉亚最后向"瓦森卡"小镇的居民们大喊求助,那些曾参与反抗的人,这时同样"指指他们的耳朵"(亦即"装聋卖傻"了)。这真是一个充满了所谓"历史必然性"的结局。悲剧的主人公们还能怎么样?最后加莉亚也只能对她那些"*亲爱的邻居们!了不起的家伙们!*"大喊:"挖个好洞!把我埋在鼻孔里 // 朝我的嘴里多铲些像样的黑土"!

这部以反抗开始的悲剧,最后留下的,就是这种"两场炮击之间的寂静"。

震动人心的,还有这部作品的最后结尾。它出人意料,但又太好了!我还从未见过有哪部作品这样表达过"最终的沉默":

我们仍然坐在观众席上。沉默,

就像错过了我们的子弹，
　　　旋转着——

　　多么奇绝的结尾！在我看来，它不仅属于这部作品，甚至也可以说是我们这个时代，我们所经历的人生的一个结尾：一切都结束了，但是拷问仍在进行。无论我们置身其中，还是"坐在观众席上"，那种良心的目睹和拷问，"就像错过了我们的子弹"，仍在旋转着和寻找着我们。

　　耐人寻味的是，在这两幕抒情诗剧的前后，还各有一首《我们幸福地生活在战争中》《在和平时期》。这两首诗的语境看上去都远离了诗剧中血与火的"瓦森卡"小镇，都处在诗人现在所生活的美国。它不仅构成了一种两个世界的比照，更需要我们去品味的，是其中对一个所谓"伟大的金钱国家"的和平假象的讽刺、对"幸福地生活在战争中"的人们的道德冷漠的讽刺，它颇为刺人，并让人羞愧和警醒。这种匠心独运的结构艺术，扩展了诗的视野和意义结构，也更深地加重了良心的刺痛。

　　"像一个完美的园丁——他把俄罗斯更新了的文学传统继续嫁接在美国诗歌和遗忘之树上。"波兰著名诗人扎加耶夫斯基曾这样评价卡明斯基。扎加耶夫斯基所说的"继续"，可能是指在继英语世界对阿赫玛托娃、曼德尔施塔姆、茨维塔耶娃、帕斯捷尔纳克的译介之后。

现在，美国的诗人和读者也都不难看到这一点，诗人、艺术家福勒这样称卡明斯基："作为世界上少数的跨越边界的诗人之一，他已经成为美国诗歌圈里一个离心的存在。伊利亚·卡明斯基身上带有伟大的俄罗斯传统的力量和可被辨识的明显的潜能。"

的确，他用英语写作，也受惠于英语诗歌，但他的每一首诗，都是"俄罗斯更新了的文学传统继续嫁接在美国诗歌和遗忘之树上"绽放的最新鲜的叶片。别的不说，如《聋哑剧院之夜》中的这首《什么是日子》：

像中年男子一样，
这五月的日子
步行到监狱。
像年轻人一样他们走向监狱，
长外套
扔在他们的睡衣上。

这样的诗，会马上让人们想到英国著名诗人拉金的《日子》，但其隐喻基础和诗的感觉是多么不一样！我们再看这一首《这样的故事是由固执和一点空气编成的》：

这样的故事是由固执和一点空气编成的——
一个在上帝面前无语跳舞的人签名的故事。

他旋转和跳跃。给升起的辅音以声音
没有什么保护,只有彼此的耳朵。
我们是在我们安静的腹中,主。

让我们在风中洗脸并忘记钟爱的严格造型。
让孕妇在她的手里握着黏土那样的东西。
她相信上帝,是的,但也相信母亲
那些在她的国家脱下鞋子走路的
母亲。她们的足迹抹去了我们的句法。
让她的男人跪在屋顶上,清着嗓子
(因为忍耐的秘诀就是他妻子的忍耐)。
那个爱屋顶的人,今晚和今晚,与她和她的忘却做爱,
让他们借用一点盲人的光。
那里会有证据,会有证据。
当直升机轰炸街道,无论他们打开什么,都会打开。
什么是沉默?我们之内某种天空的东西。

这种来自传统的精神信仰,夏加尔式的奇思异想和跳跃句法,温暖而又刺人的色调,不仅和英美诗人有异,而且和布罗茨基美国时期那种冷俏的反讽也很不一样了。尤其是其中"脱下鞋子走路""她们的足迹抹去了我们的句法""借用一点盲人的光"这样的诗句,不仅很动人,还包含了一种新的"开创性"的诗学("我认为《聋哑剧院之夜》的出现是

一个光辉的、开创性的时刻。"——克莱默·道斯)。

还需要再次提醒的是,和一般的移民作家、诗人不同,卡明斯基现在是一位英语诗人。

我们都已知道,卡明斯基本人在四岁时失去听力,他的犹太人家族也曾饱受屈辱和磨难,但他仍是受到"保佑"的:他从小就读巴别尔的小说和布罗茨基的诗(他父亲认识很多诗人,包括布罗茨基),十二至十三岁开始发表散文和诗,出版过小诗册《被保佑的城市》,被视为神童。苏联解体后排犹浪潮掀起,1993年他随全家以难民身份移民美国,定居在纽约州罗切斯特市。1994年父亲去世后,卡明斯基开始用英语写诗。同时,他就学于美国,先后获得政治学学士学位和法学博士学位。

和一直用俄语写诗的布罗茨基不一样,卡明斯基选择了用英语写诗,因为"这是一种美丽的自由"。而他成功了!他的第二本英文诗集《舞在敖德萨》在2004年出版后受到很大关注,该诗集获得了美国艺术与文学学院的"阿迪生·梅特卡夫奖"及其他多种奖项。

他在接受《阿迪朗达克评论》采访时说:"我之所以选择英语,是因为我的家人或朋友都不懂英语——我所交谈的人都看不懂我写的东西。我自己不懂这种语言。这是一个平行的现实,一种疯狂而美丽的自由。现在仍然是。"

他奇迹般地打破了那个"用非母语写不出好诗"的咒语。当然,他的英语是简单的、稚拙的(只要读过他的英文原文就知道这一点），像是一个有天赋的孩子的"作业"，却恰好和他的"童话风格"相称，和他的精灵般的诗性相称！相对于英美诗人，他的英语当然是简单的，但他用英语所创造的诗歌音乐（这一点在译文中会有所损失），所展现的某种特殊、陌生的美，令英美诗人也不能不惊异。

记得布罗茨基在谈论以英语写散文时曾说："英语语法至少被证明是比俄语更好的一条逃离国家火葬场烟囱的路线。"布罗茨基在他的散文中做到而未能在诗中尝试的，卡明斯基做到了！

卡明斯基的英语是有魔力和磁性的语言，这一点以上已有所论证。他的"英文行文风格"又是一种直接的、出其不意的风格。他的许多句子看似如随口道来，不假文饰，却令人难忘，如《聋哑剧院之夜》最后所附的《在和平时期》一诗中写到的那个被警察射杀在人行道上的男孩：

我们在他张开的嘴里看到
整个国家的
赤裸。

场景转换了，这是在美国，但又和那个血腥、暴力的"瓦森卡"小镇恰成对照。

卡明斯基的诗又是某种带着陌异性的语言。对此，卡明斯基自己可以说是非常自觉的。在他编选的《国际生态诗选》序言中,他特意引用了美国诗人罗伯特·克里利的这样一句话:"我们将在语言中沉睡,如果语言不用它的陌生性来唤醒我们的话。"

也许,这正是卡明斯基的诗充满魅力的一个秘密所在。他致力于在他的创作中发现语言的陌生性。在这一点上,他又深受策兰的影响。在他的诗中频频可见策兰式的语言实验。他曾与策兰的英译者沃尔德里普合作编选过《向保罗·策兰致敬》,他还撰写过《关于唤醒我们的那种陌异——论母语、父国和保罗·策兰》。

这种对语言的陌生性的爱和自觉追求,不仅给他的诗带来了新鲜元素,也恰好和他特有的诗性感受力、想象力和风格句法结合在了一起,和一种新的诗歌美学结合在了一起。如《聋哑剧院之夜》中这首极其动人的"夏加尔式"的《催眠曲》:

小女儿
雨水

雪和树枝保护你
粉刷过的墙壁

和邻居们的手抱起所有
我的四月的孩子们

小小的地球

六磅重

我的白发会保持

你的睡眠充足

因而美国艺术与文学学院给卡明斯基的"阿迪生·梅特卡夫奖"的颁奖词这样宣称："凭借其充满魔力的英文行文风格，卡明斯基的诗歌仿佛是文学领域的夏加尔，它使万有引力定律失效，它将一切色彩重新打乱，然而这一切只会凸显出现实世界的真实。他的想象力是如此具有变革性，总能唤起我们相等的既悲伤又兴奋的尺度。"

而我们，也要感谢这位给我们带来《聋哑剧院之夜》的，来自乌克兰而用英语创作的优异诗人：他达到了，也向我们展示了何谓"疯狂而美丽的自由"。

王家新

2020 年 4 月—2021 年 4 月

纪念埃拉和维克多·卡明斯基

献给凯蒂·法丽丝

目录

我们幸福地生活在战争中 / 001

聋哑剧院之夜 / 003
剧中人物 / 005

第一幕　镇上的人讲述索妮亚和阿方索的故事

枪声 / 011
在士兵的行进声中,阿方索用报纸遮住了男孩的脸 / 012
阿方索,在雪中 / 014
聋,一场起义,开始 / 015
阿方索担起责任 / 017
骨骼图和打开的气门 / 019
镇上的人围住男孩的身体 / 021
战前婚礼 / 023
依然新婚 / 025

士兵们瞄准我们 / 026

检查站 / 030

战争之前，我们弄一个孩子 / 031

当士兵们使楼梯天井窒息 / 033

凌晨四点，轰炸 / 034

来临 / 036

催眠曲 / 038

问题 / 039

孩子睡觉时，索妮亚光着身子 / 040

香烟 / 042

一只狗的嗅闻 / 043

我们听不到的 / 045

中央广场 / 047

鳏夫 / 049

给他的妻子 / 051

我，这个躯体 / 052

她的衣服 / 054

挽歌 / 055

蓝色锡皮屋顶上方，声 / 056

断头台一样的城市在通往脖子的途中颤抖 / 058

在天空的明亮袖子里 / 059

活着 / 060

镇上的人看着他们带走阿方索 / 062

离去 / 064

颂悼文 / 066

问题 / 067

这样的故事是由固执和一点空气编成的 / 068

第二幕　镇上的人讲述加莉亚妈妈的故事

镇上的人谈论加莉亚的绿色自行车 / 072

当加莉亚妈妈首次抗议 / 074

一包洗的衣服 / 076

什么是日子 / 078

加莉亚低语，当阿努什卡对她蹭鼻子 / 079

加莉亚的木偶演员们 / 081

在轰炸中，加莉亚 / 083

小小的一束 / 085

加莉亚的敬酒辞 / 087

聋哑剧院之夜 / 088

当木偶演员们被捕时 / 090

士兵们看起来并不傻 / 091

巡查队 / 093

催眠曲 / 095

行刑队 / 096

问题 / 097

然而，我是 / 098

审判 / 100

瓦森卡人追逐 / 102

匿名 / 103

是的，在某些夜晚 / 105

我们仍然坐在观众席上 / 106

在和平时期 / 109

注释 / 113

附 录

《聋哑剧院之夜》书评摘要和评论 / 117

关于《聋哑剧院之夜》出版前一些诗的初稿
和最后定稿 / 122

翻译作为"回报" / 132

伊利亚·卡明斯基的著作一览 / 143

我们幸福地生活在战争中

当他们炮轰别人的房屋时,我们

抗议
但这不够,我们反对,这还

不够。我躺在
我的床上,美国在我的床周围

坍塌陷落:那一座一座又一座看不见的房子——

而我掇起一把椅子,坐在外面看太阳。

这是第六个月了
一场灾难控制着这金钱的房子

金钱的街道金钱的城市金钱的国家,
我们伟大的金钱国家,我们(原谅我们吧)

幸福地生活在战争中。

聋哑剧院之夜

*Deaf
Republic*

剧中人物

瓦森卡镇居民——合唱队,讲故事的『我们』,而在阳台上,风抚弄着晾衣线。

阿方索·巴拉宾斯基——木偶戏演员,索妮亚的新婚丈夫,第一幕中的『我』。

索妮亚·巴拉宾斯基——瓦森卡最好的木偶戏女演员,阿方索的新婚妻子,怀孕。

婴儿——在索妮亚肚子里,海马大小,在睡觉,出生后,是阿努什卡。

彼佳——聋少年,索妮亚的表亲。

加莉亚·阿莫琳斯卡娅妈妈——木偶剧院业主,叛乱煽动者,第二幕中的『我』。

加莉亚的木偶戏演员们——在剧院阳台上教示手势,好像在管制交通:

对士兵来说——手指像鸟喙一样,会啄穿一只眼睛。

对告密者来说——手指会啄穿双眼。

对军用吉普来说——攥紧拳头向前突进。

士兵们——抵达瓦森卡以『保护我们的自由』,说着一种无人能懂的语言。

木偶们——悬挂在被捕者家庭的门廊上,还有一只躺在水泥地上:一个中年妇女搂抱着孩子,好像吊着一只断臂,她的嘴里满是雪。

第一幕

镇上的人

讲述

索妮亚和阿方索的故事

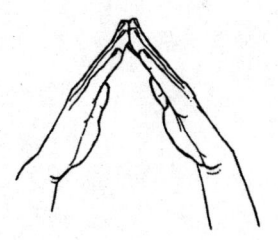

城镇

枪声

我们的国家是舞台。

当士兵们朝城里行进时,官方禁止一切公众集会。但是今天,邻居们聚集在中央广场,听索妮亚和阿方索的木偶戏中的钢琴演奏。我们中有些人爬上了树,其他人躲在长凳和电线杆后面。

当前排的聋男孩彼佳打了一个喷嚏时,中士木偶就尖叫着倒了下来。他再次站起来,哼了一声,对哈哈笑着的听众们挥动拳头。

一辆军用吉普车驶入广场,卸下自己的军士。

立刻解散!

立刻解散!木偶人以假声跟着模仿。

每个人都打了一个寒战,除了彼佳还在咯咯地笑。有人用手蒙住他的嘴。中士转向男孩,举起他的手指。

你!

你!木偶人也举起了一根手指。

索妮亚看着她的木偶,木偶人看着军士,军士看着索妮亚和阿方索,而我们其余的人看着彼佳往后靠,聚集起他喉咙里的所有唾液,啐向那个中士。

我们听不见的声音使海鸥从水面上嗖嗖飞起。

在士兵的行进声中,阿方索用报纸遮住了男孩的脸

十四个人,我们大多是陌生人,
观看索妮亚在街中央

被枪杀的彼佳身边跪下。
她捡起他的眼镜,像两枚硬币一样闪光,将它们放在他
 的鼻梁上。

察看这一刻吧
 ——如何痉挛——

大雪乱飞,狗群像救护人员一样冲向街头。

我们十四个人观看:
索妮亚亲吻他的额头——她哭喊有一个洞

在天空中撕开,它闪烁在公园的长椅、门廊的灯上。
我们看进索妮亚张开的嘴

整个国家的

赤裸。

她直挺挺躺下
在路中间打盹的小雪人旁边。

国家兜住它的肚腹奔逃。

阿方索,在雪中

*你还活着,我对自己悄声说,因此有些东西在你的倾
　听里。*

有些东西在街上奔跑,跌倒,无法再站起来。
我在跑等等以我的腿和背后的手
我的怀孕的妻子躺在瓦森卡大街上等等我跑
成为一个男人等等只需要这几分钟。

聋，一场起义，开始

我们的国家第二天早晨醒来，拒绝听从那些士兵。

以彼佳的名义，我们拒绝。

在早上六点，士兵们在小巷里奉承着女孩们，女孩们闪开，指指她们的耳朵。在八点，面包店的门把士兵伊凡诺夫的脸关在外面，尽管他是他们最好的顾客。在十点，加莉亚妈妈在兵营大门上用粉笔写下"*没人听你们*"。

到了上午十一点，拘捕开始。

我们的听力没有变弱，但是我们内心里的沉默在增强。

宵禁之后，被抓捕的家庭在他们的窗外悬挂起家制木偶。街道空无一人，只有弓弦的刮擦声，和那紧贴着墙壁的木头拳头和脚跟的"砰砰"声。

在城镇的耳朵里，雪花飞扬。

城镇

阿方索担起责任

我的人民，你们真他妈的不错
在这第一轮逮捕的早晨：

我们的男人，曾一旦受到惊吓，便歪在床上，现在像人
　　类的桅杆一样挺立起来——聋，像警笛一样在我们中
　　间穿过。

这里我
作证：

我们每个人
回家，喊叫，冲着一面墙，炉子，冰箱，冲着自己。原
　　谅我吧，

生命，我对你
并不诚实——

对你，我担起责任。
我在跑等等以我的腿和手等等我沿着瓦森卡街道跑等
　　等——

无论谁在听：
谢谢你们因为我舌头上的羽毛，

谢谢你们因为我们的争论结束，谢谢你们因为耳聋，
主啊，你从未从一根火柴上

燃起如此的烈焰。

骨骼图和打开的气门

我看着中士这个目标,聋男孩带着铁和火在他的
　嘴里——
他的脸粘在沥青上,
骨骼图和打开的气门。
它是空气。空气中有些东西对我们要求太多。
地球是静止的。
岗楼警卫们吃黄瓜三明治。
这第一天
士兵们检查着调酒师、会计师、士兵的耳朵——
沉默对士兵来说是邪恶的。
他们像拉拽车门一样把戈拉的妻子从床上拽下来。
观察这一刻吧
——如何惊厥——
男孩的身体像回形针一样粘在沥青上。
男孩的身体粘在沥青路面上
就像男孩的身体。
我触摸墙壁,感受到房子的脉动,我
凝视,说不出话来,不知道为什么我还活着。
我们踮着脚走过这座城镇,
索妮亚和我,

在剧院、花园和铁艺大门之间——
勇敢点,我们说,但是没有人
有勇气,我们听不到那声音
使鸟儿从水面上飞起。

镇上的人围住男孩的身体

死男孩的尸体仍然躺在广场上。

索妮亚在水泥里用勺舀着他。在她身体里——她的孩子在睡觉。加莉亚妈妈给索妮亚带来一个枕头。一个坐在轮椅上的人带来了一加仑牛奶。

阿方索躺在他们身边,在雪地里。他用一只手臂绕住她的腹部,将另一只手放在地上。他听到停车声,关车门的砰响和狗吠声。而当他从地面上撑起他的手,他没听到任何声音。

在他们后面,一个木偶躺在水泥上,嘴里充满了雪。

四十分钟后,天大亮了。士兵们回到广场。

镇上的人们将手臂锁定成一个圆圈又一个圆圈,并围绕着圆圈再绕一个圆圈,使士兵们远离男孩的身体。

我们看着索妮亚站起来(她肚子里的孩子也伸直了腿)。有人给她了一个手势,她将它高高地举过她的头顶:人民是聋子。

城镇观看

战前婚礼

是的,我给你买了一件婚纱对我们两个都足够大
而在回家的出租车里
从你的嘴到我的嘴,我们亲吻一枚硬币。

女房东可能已经注意到
一阵污渍的床单上的毛毛雨——
天使可以做得更洁净

但是他们没有做。我仍然可以爬向
你的内裤,我的屁股
比你的小!

你拍拍我的脸颊,
小可爱——
愿你中彩票并全部花在看医生上!

你是这两根比其他任何女人都漂亮的手指——
我不是诗人,索妮亚,
我想活在你的头发里。

你跳上我的背,我
跑去冲澡
是的,我在湿漉漉的地板上滑倒了——

我看着你在淋浴中闪闪发光
用手护着
你的乳房——

两个小爆炸。

依然新婚

你步出沐浴而整个国家都安静了——

一滴柠檬蛋的香波,
你闻起来像蜜蜂,

一个短暂的吻,
我几乎不知道你——除了你肩膀上雀斑的飞沫!

是它让我感到颤抖

孤独地
我穿着睡袍站在大地上,

阴茎从中挺出——
一年又一年

朝向你的方向。

士兵们瞄准我们

他们开火
当成群的女人在探照灯的鼻孔里逃窜

——愿上帝对此拍下照——

在广场的明亮空气中,士兵们拖着彼佳的身体而他的
　脑袋
在楼梯上磕绊。我

透过我妻子的衬衫感觉到
我们孩子的形状。

士兵将彼佳拖上楼梯而流浪狗们像哲学家一样瘦弱,
它们了解一切,狂吠和狂吠。

我,此刻在桥上,没有语言的掩饰,一个身体
包裹着我怀孕妻子的身体——

今晚
我们不死不会死,

地球静止,

一架直升机瞪视着我的妻子——

在大地上

一个男人不能把一根手指掷向空中

因为每个人已经是

一根在天空中翻转的手指。

军队护送

隐藏

检查站

在大街上，士兵们在邮箱和门上安装上听力检查器并钉上布告：

> 聋是一种接触性传染疾病。为了你们自己的安全必须在二十四小时内将受污染区域的所有主体隔离！

索妮亚和阿方索在镇中心广场教手势。当巡逻队经过时，他们坐下坐在他们的手上。我们看到中士将一个女人拦在

去市场的路上，但是她听不见。他把她推搡到巡逻车里。他去拦另一个。她听不到。他把她推搡到巡逻车里。第三个指指她的耳朵。

在这大街上，耳聋是我们唯一的路障。

战争之前,我们弄一个孩子

我吻了一个女人
她的雀斑
让邻居们兴奋。

她的肩膀上有一颗痣
她展示它
像一枚勇敢的勋章。

她颤抖的嘴唇
意思就是*上床*。
她的头发像瀑布

在对话中间倾泻下
意思就是*上床*。
我走进我思想的理发店里。

是的,我从我毛茸茸的臂椅上
把她偷到了床上——
但是嘴唇分开

意思就是*来咬我分开的嘴唇吧*。

躺在凉爽的

床单下,索妮亚!

这就是我们所干的。

当士兵们使楼梯天井窒息

当士兵们踩踏着楼梯时——
我妻子的
涂了指甲油的手指抓挠着

她大腿上的皮肤,而我感到
身体下面的骨头硬了。

它给了我信心。

凌晨四点，轰炸

我的身体在阿莱穆夫斯克街上奔跑，我的衣服塞在枕
套中：
我寻找一个长得
像我一样的男人，给他我的索妮亚，我的名字，我的
衬衫——
开始了：邻居们爬向鱼市场的
手推车，轰的一声
他们的时刻剩下一半。手推车像阳光下的肠子一样
爆裂——

帕维尔喊道，*我真他妈的漂亮我受不了了！*
两个男孩仍然拿着番茄三明治
跳行在手推车的光里，士兵们瞄准他们的脸，他们的
耳朵。
我找不到我的妻子，我怀孕的妻子哪里去了？
我，一个肉身，成年男性，等待着
像手榴弹一样爆炸。

开始了：我看见我的国家的蓝色金丝雀
从每个公民的眼睛里啄出面包屑——

从我邻居们的头发中啄出面包屑——
雪离开了地球并直接落在它应落下的地方——
有一个家乡，这太重要了——
为了撞进墙壁，撞进街灯，撞进亲人——
我的国家的蓝色金丝雀，就应该如此
撞进墙壁，撞进街灯，撞进亲人们——
我的国家的蓝色金丝雀
看着他们的腿，当他们奔跑和摔倒。

来临

你在中午来临,小女儿,体重只有六磅。索妮亚把你放
  在钢琴顶盖上
并弹起一曲无人听过的催眠曲。在婴儿室里,那安静的
  呲呲声像火柴一样掉落入水中。

火柴

催眠曲

小女儿
雨水

雪和树枝保护你
粉刷过的墙壁

和邻居们的手抱起所有
我的四月的孩子

小小的地球
六磅重

我的白发会保持
你的睡眠充足

问题

什么是一个孩子?
两场炮击之间的寂静。

孩子睡觉时,索妮亚光着身子

她擦洗我直到我
吐出肥皂水。
猪,她微笑。

一个男人闻起来应比他的国家更好——
这就是一个女人的
沉默一个反对沉默的女人,知道

是沉默使我们转向说话。
她把我的鞋子
和眼镜扔向空中,

我是聋子
我没有
国家但是我有一个浴缸一个婴儿和一张婚床!

一起打肥皂
对我们是神圣的。
相互搓洗对方的肩背。

你可以 ×
任何人——但是和谁你可以
坐进这水里?

香烟

看——
瓦森卡居民不知道他们就是幸福的证据。

在战争时期,
每一个人都是撕开的笑声的档案。

看,上帝——
聋子有话要说
说那些他们甚至听不到的。

爬上这个被轰炸的城镇中心广场的屋顶,你会看到——
一个邻居在偷香烟,
另一个给狗
一品脱阳光啤酒。

你会发现我,上帝,
像一只笨鸽的嘴喙,我是
啄取惊异的
每一样方式。

一只狗的嗅闻

　　早上。
在一条被炸毁的街道上,风在海报上吹拂着政客的嘴角。
屋子里,孩子在吃奶,
　　索妮亚给她起名叫阿努什卡。睡不着,阿方索摸索着妻子的乳头,他的嘴唇凑到一滴奶的珍珠。

　　傍晚。
当阿方索步入特德纳街寻找面包时,风使他的身体发脆。
四辆吉普车开上了马路牙子:当阿努什卡哭叫时,索妮亚被偷进了吉普车,留下护送车辆的嘎吱声。邻居们从窗帘后面偷看着。在我们之间,沉默就像一条狗在窗玻璃前嗅闻。

窗帘

我们听不到的

他们将索妮亚推入军用吉普车
一个早晨,一个早晨,五月的一个早晨,一个一角硬币
　　版发亮的早晨——

他们猛推她
而她锯齿般弓曲,无声地扭动、跌倒

这是灵魂的噪声。
索妮亚啊,她曾如此声称,*在我被抓走那天我会弹钢琴。*

我们看着四个男人
在猛推她——

而我们认为我们看到了数百架老式钢琴筑起了一座桥梁
从阿莱穆夫斯克街到特德纳街,而她

为每一架钢琴等待——
她所剩下的就是

一个木偶

用手指说话的人，

而木偶剩下的就是这个女人，她所剩下的
（他们带走了你，索妮亚）——是我们听不到的声音——
那最清晰的声音。

中央广场

被捕者被迫举起手臂走路。仿佛他们即将离开地球,去尝试风。

为一个偷看的苹果,士兵们展示着赤裸的索妮亚,在军队为你们的自由而战的招牌下。雪在她的鼻孔中飞舞。士兵们用红色铅笔圈下她的眼睛。年轻的士兵瞄准红色圆圈。她啐一口。另一个接着瞄准。她啐一口。小镇在观察。绕在她的脖子上的,是一个手势:我拒绝逮捕。

索妮亚直视着前方,望向士兵们排列的地方。突然之间,沉默中传出她的声音,*准备好了!* 士兵们按照她的命令举起了来复枪。

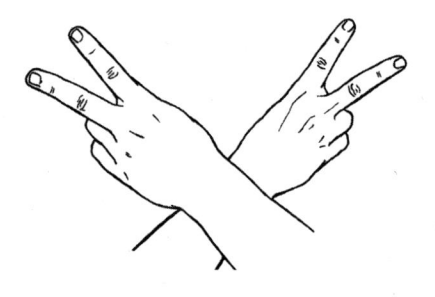

城镇观看

鳏夫

阿方索·巴拉宾斯基站在中央广场
没有穿衬衫

攥着雪并把它扔向
行军的部队。

他的嘴
把他妻子名字的第一个音节顶到墙壁上——

他，徒步狂走好几英里，迎着半风，前往海滩，
在鹅卵石街道上，拦住每一个遇到的女人——

阿方索·巴拉宾斯基，伏特加酒瓶在他的口袋里，咬了
　一个苹果一口，然后
在那个洞里他斟上一弹匣伏特加——

他为*我们的安康*干了——
为他在镇中心被枪杀、倒在那里的妻子

一饮而尽。

阿方索·巴拉宾斯基,怀抱一个孩子,在海堤上喷刷:
人们在这里生活——

像一个文盲
签署文件

他看不懂。

给他的妻子

我是你的男孩
淹死在这个国家,他不知道

溺水这个词
并大喊

我最后一次潜水!

我，这个躯体

我，这个陷入上帝骤降之手的躯体，
空洞的胸膛，站立。

在葬礼上——
加莉亚妈妈和她的木偶演员们起来和我握手。

我用绿色手帕把我们的孩子折叠起来，
简洁的礼物。

你走了，我的砰地关上门的妻子；而我，
一个傻瓜，活着。

但是当我对自己说话时我没有听到的才是最清晰的
　声音：
当我的妻子洗我的头发，当我亲吻

在她的脚指头之间——
在我们街区空荡荡的街道上，有一丝微风

在呼唤生命。

我的怀中，是离开妻子的子宫

不出三天的孩子，我们的公寓
空了，地板上

有她的靴子留下的脏雪。

她的衣服

她的鲜艳衣服
带有精巧的拉链。

她的被熨过的
袜子。

我站到
镜子前。

试着穿上我妻子的红袜子。

挽歌

六个词[①],

主：

请让

我的歌舌

容易些。

---

① 原诗中所说的"六个词"为："please ease / of song / my tongue"。

蓝色锡皮屋顶上方，聋

我们的男孩想要在光天化日的广场上公开杀人。

他们拖着一个醉酒士兵，绕着他的脖子打了一个手语：

我抓走了瓦森卡镇的女人。

男孩们不知道该如何杀人。

阿方索做手势，*我要为一盒橘子杀他。*

男孩们付他了一盒橘子。

他往杯子里打了一个生鸡蛋，

在雪中闻到一滴橘子的气味，

他像喝伏特加酒一样把鸡蛋吞进喉咙里。

他洗手，穿上那红色的

袜子，他把他的舌头放在牙齿上。

女孩们朝士兵的嘴里啐唾沫。

鸽子落在停车牌上，任其摇晃。

一个白痴男孩

在咕哝，*耳聋万岁！* 并向士兵啐了一口。

在广场的中心

一名士兵跪下乞求，而镇上的人摇头，指指他们的耳朵。

聋高悬在蓝色锡皮屋顶

和铜铁檐角的上方；聋

被桦树、灯柱、医院屋顶和铃铛喂养；

聋歇息在我们男人的胸膛上。

我们的女孩做手势，*开始*。

我们的男孩，湿润，长着雀斑，为他们自己画着十字。

明天我们将像狗的瘦肋骨一样暴露

但是今晚

我们毫不在乎说谎：

阿方索跳上那个士兵，拥抱他，一刀刺进肺。

士兵们在人行道上飞蹿。

城镇看着这些乱叫的野兽

在他们的脸上，闻到大地的气味。

偷橘子的是女孩子们

把它们藏在她们的衬衫里。

断头台一样的城市在通往脖子的途中颤抖

阿方索在士兵的尸体中跌撞。市民们欢呼，
狂喜，把他摔起在背上。那些爬在树上观看的人
从树枝间鼓掌。加莉亚妈妈大喊蠢猪，猪像男人一样
　干净。

在上帝的审判中，我们会问：为什么你允许这些？
而回答会是一个回声：为什么你允许这些？

在天空的明亮袖子里

　　　是你吗,小灵魂?
有时候晚上我

点亮一盏灯为了
不去看。

我这脚指头,
阿努什卡

打盹在
我的手掌里:

在我变秃的头上,她的童帽。

活着

去活就是去爱,伟大的圣书要求。
但是爱是不够的——

心需要一点愚蠢!
我为我们的孩子用报纸叠了一个帽子

并对索妮亚假装我是最伟大的诗人
而她也假装还活着

我的索妮亚,她的故事和雄辩的双腿,
她的腿和故事打开了其他的故事。

(别说话在我们接吻时!)
我看见我自己——一件黄色雨衣,

一个三明治,一块我牙齿间的番茄,
我把我们的婴儿阿努什卡举上天空——

(*老傻瓜,我的妻子也许笑了*)
我在当她在我的额头上和肩膀上

撒尿的时候歌唱!

镇上的人看着他们带走阿方索

现在我们每个人都在
证人席上：

瓦森卡镇看着我们看着四个士兵把阿方索·巴拉宾斯基
　扔在人行道上。
我们让他们把他带走，我们都是懦夫。

我们不敢说的什么
我们携带在手提箱里，大衣口袋里和鼻孔里。

在马路对面他们用消防水带冲他。首先他尖叫，
然后他没有声音了。

如此充沛的阳光——
一件T恤从晒衣绳上飘落而一个老人停下捡起它，把它
　压在脸上。

邻居们挤搡着观看他像被扔杂耍似的扔在人行道上：
　"妈呀。"
在如此充沛的阳光下——

我们每个人都在

证人席上：

他们带走了阿方索

没有人站起来。我们的沉默为我们站起来。

离去

一名士兵抓起索妮亚和阿方索的孤儿,从我们中间离去。
　　在中央广场,
阿方索被吊在一根绳索上。尿液使他的裤子变暗。

他的手的木偶在跳舞。

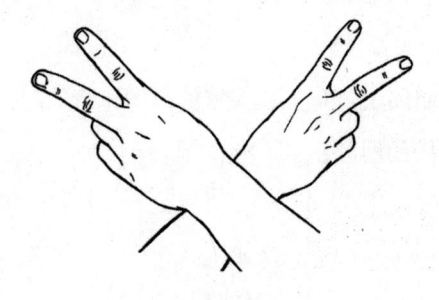

城镇观看

颂悼文

你不仅要讲述巨大的灾难——

我们不是从哲学家那里听说的
而是从我们的邻居,阿方索——

他的眼睛闭上,爬上别人家的门廊,给他的孩子
背诵我们的国歌:

你不仅要讲述巨大的灾难——
当他的孩子哭啼,他

给她戴上一顶报纸做的帽子,挤压他的沉默
就像用力挤压手风琴的褶皱:

你不仅要讲述巨大的灾难——
而他演奏的手风琴在那个国家走了调,在那里

唯一的乐器是门。

问题

什么是一个男人?

两场炮击之间的寂静。

这样的故事是由固执和一点空气编成的

这样的故事是由固执和一点空气编成的——
一个在上帝面前无语跳舞的人签名的故事。
他旋转和跳跃。给升起的辅音以声音
没有什么保护，只有彼此的耳朵。
我们是在我们安静的腹中，主。

让我们在风中洗脸并忘记钟爱的严格造型。
让孕妇在她的手里握着黏土那样的东西。
她相信上帝，是的，但也相信母亲
那些在她的国家脱下鞋子走路的
母亲。她们的足迹抹去了我们的句法。
让她的男人跪在屋顶上，清着嗓子
（因为忍耐的秘诀就是他妻子的忍耐）。
那个爱屋顶的人，今晚和今晚，与她和她的忘却做爱，
让他们借用一点盲人的光。
那里会有证据，会有证据。
当直升机轰炸街道，无论他们打开什么，都会打开。
什么是沉默？我们之内某种天空的东西。

第二幕

镇上的人

讲述

加莉亚妈妈的故事

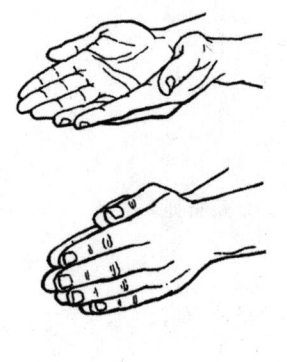

故事

镇上的人谈论加莉亚的绿色自行车

加莉亚·阿莫琳斯卡娅妈妈,五十三岁,她的性生活比
 我们任何人都要多。
当她走过阳台时

一个士兵哦站起来,
另一个站起来,
然后是整个营。
我们试着尽量不去看她的乳房——

它们无处不在,
乳头像子弹。

想要抓捕她,
士兵们
参观她的剧院——每天晚上又回到她的剧院。

白天,加莉亚会将空牛奶瓶对准安全检查站:
骑着绿色自行车
她飞过这个国家就像一个
职业送牛奶工,

她的瓶盖上有一圈冰。

加莉亚·阿莫琳斯卡娅,我们国家最幸运的女人!
你的铁自行车撕开明亮的
威士忌国歌
穿过前排的士兵队列进入

日光中。你赤脚踩着
一身短装。

让绷紧的法律松懈。

当加莉亚妈妈首次抗议

  她吸着烟头对一个士兵
      大吼,
    滚回家!自从诺亚成为水手,你还没有亲过你的婆娘!

妈咪加莉亚·阿莫琳斯卡娅夫人,我们会给什么让座呢?
     当我们从我们的葬礼上离开
       在你旁边,在一辆黄色出租车上,
    两个窗子打开,
      在邮箱中
    留下几条
     被捕的面包。

妈咪加莉亚·阿莫琳斯卡娅,
      倚着大街上潮湿的墙壁,大喊:
耳聋不是病!是性姿态!

一名年轻士兵在宵禁时分巡查
    低语,

加莉亚·阿莫琳斯卡娅，是的，加莉亚·阿莫琳斯
　　　卡娅
用中尉自己的巡逻犬的皮带鞭打中尉
　　而那里有三十二个人在看
　　　（因为有一个面包师
　　　　坚持
带着儿子们一起）。

在这样一个夜晚上帝注视着她
　　　　　　但她不是一只麻雀。
　　　在战争时期

　　　她教我们如何开门
　　　　走路
　　　　　通过
　　　这才是学校的真正课程。

一包洗的衣服

在中央广场,一个军队检查站。在检查站上方,阿方索的尸体仍然悬挂在绳索上,像风中的木偶一样。在检查站后面的屋子里,婴儿阿努什卡哭闹着。

在检查站的前面,两个加莉亚妈咪的木偶演员爬上公园的长椅并开始接吻,双手揪着彼此的头发。士兵们为他们加油并打赌看他们会持续多久。女孩们微笑。*别说话当我们接吻时!*

看不见的是,加莉亚妈咪带着从中士的晾衣绳上偷来的一包衣服离开了检查站,阿努什卡就藏在亚麻布里。雪从太阳中瓢泼而下。

吻

什么是日子

像中年男子一样,
这五月的日子
步行到监狱。
像年轻人一样他们走向监狱,
长外套
扔在他们的睡衣上。

加莉亚低语，当阿努什卡对她蹭鼻子

在我们的大街上，选举海报展示着一位著名独裁者的
各种发型——
而我，五十三岁
放弃了有个孩子的念头，我——（转向我的邻居大喊，
　过来！
过来！
看奇妙的小家伙！

她刚刚在公园的长椅上便便，奇妙的小家伙！
为人父母
花了我们一点体面）

——多谢上帝。

风从市场摊位上卷走了面包，和店主的几声怒骂
风已经在双腿之间有了一辆自行车——

但是，当我挎着洗衣篮子在街上走时，

风很无助,我知道

它渴望触摸到这些小小的童帽和小袜子。

加莉亚的木偶演员们

在剧院的窗帘后面,一个木偶演员的嘴唇滑过士兵伊万诺夫的下体。他将一只手按在她的头发上,然后将她拉到他身下。她的手挪开,仍然亲吻他。当他的手再次插入她的头发时,她停下来,对他抬起她的眼睛和示语,*乖一点*。他拿过伏特加酒又灌了一大口。她把他含在她的嘴里并闭上了眼睛。滑动器,越来越快。

漂亮,瓦森卡的女人漂亮。当她舔他的手掌时,他笑了。当他最终昏醉时,她用木偶线绳把他勒死了。当士兵们在楼下排队向加莉亚妈咪敬酒时,他们看不到木偶演员们将尸体往后面拖拉。

漂亮,瓦森卡的女人漂亮。

嘿,宝贝。门开了,她示意另一个士兵进来。

听话

在轰炸中,加莉亚

在轰炸的第二十七天,我
除了我的身体什么都没有,空荡荡公寓的墙壁像肺叶一
　　样拍动,拍动。

如何说我只想安静一点;我,一个聋女人,想要一些安
　　静,想要安静一点;
我,在婴儿室的

中间,地球在那里问我,地球问我了
太多,我

(在我放弃打嗝的心脏和睡眠之前)计数
我们的力量——一个女人和一个孩子。

我从你观看的双筒望远镜里作证的这个躯体,
　　上帝啊——
一个婴儿抓住了椅子,

当士兵们(他们的面孔是词语从内到外所塑造)抓捕我
　　的人民时,我

奔跑而毛巾是旗帜风吹干它的手。

当他们砸开我的门进入我空荡荡的
公寓时——我在另一间公寓里微笑着，看着孩子抓椅子，
摇晃着它
向着我和你，上帝。

我鼓掌和欢呼
她的第一步，

她的第一步，像所有人一样显露。

小小的一束

当六月的日子像中年男人
走向监狱
我给阿努什卡剪了头发：
在她的肩膀上
在她的肩膀上
堆成一小束。

*

我是个凡人——
我打个盹

*

阿努什卡，你的睡衣——
是我一生的意义。

为了让你穿上睡衣，
阿努什卡！

得有多少生活。

*

上床睡觉,阿努什卡!

我不聋
我只是告诉世界

关上一会儿,你的疯狂的音乐。

加莉亚的敬酒辞

为了你的声音,一种神秘的美德,
为一只脚的二十六块骨头,呼吸的四个方向,

为松树,红木,剑蕨,薄荷,
为风信子和风铃草百合,

为列车长的拴在绳子上的毛驴,
为闻到的柠檬气味,一个男孩对着树干豪迈地撒尿。

保佑地球上的每一件事物,直到它生病,
直到每颗不羁的心承认:我迷惑了自己

但是我爱过——我爱过而又
忘记,我忘记的带给我的行旅以荣耀,

为你,我尽量冒胆地向你靠近,主啊。

聋哑剧院之夜

在加莉亚剧院的舞台上,一个女人弯腰遮住她的羞答答
  的膝盖,却对
士兵观众席显露出她滑稽的乳沟。
    在她周围,舞台变暗了。木偶演员们拖着另一个被
      勒死的士兵
溜进一条小巷。
    在舞台中央,加莉亚妈咪擦亮了一根火柴。

火柴

当木偶演员们被捕时

沉默?
这是我劈打你的棍子,我用棍子劈打你,声音,劈打你

直到你说话,直到你
说得正确。

士兵们看起来并不傻

早上。有人草草地写下被捕者的名字,然后把名单钉在墙上。

有些名字难以辨认,太潦草,像八字胡须。

我们看到加莉亚的手指在名单下颤抖。

在拘捕了特德纳大街上的每个女人后,因为加莉亚的女孩们对士兵伊凡诺夫所做的,军队每天早晨开始炸毁一家新商店,因为加莉亚的女孩们对士兵彼得罗维奇所做的,因为加莉亚的女孩们对士兵德本科所做的。

所有街道都空了。

一个蔬菜亭爆炸,一个番茄向我们飞来,在风中迸裂散落。

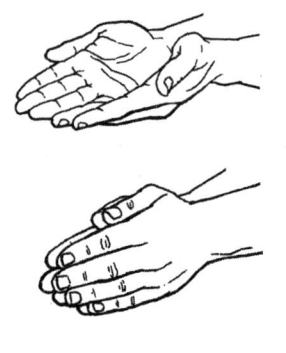

故事

巡查队

我遮住了七岁吉娜和九岁亚夏的眼睛，
当他们的父亲褪下裤子被搜寻，他的东西在晃动

而围绕着他：
沉默的多毛腹部下垂。人群观看。

孩子们观看着我们看着：
士兵们把一个裸体男人拖上楼梯。我教他的孩子们

用手来做一种痛苦的语言——
看看聋是如何将我们钉进我们的体内。阿努什卡

对无家可归的狗说话，就像他们是男人一样，
对男人说话

好像他们是男人
不只是灵魂拄在骨头拐杖上。

镇上的人们

看着孩子,却感到自己被他们的思想一脚踩在

城市冰冷的街石上。

催眠曲

我看着你,阿努什卡,
并对

后来的
毛毛虫说

早上好啊,参议员们!
这是一场战斗

配得上
我们的武器!

行刑队

在阳台上,阳光。在杨树上,我们嘴唇上的阳光。
今天无人射杀。
一个女孩用想象的剪刀剪头发——
阳光下的剪刀,阳光下的头发。
另一个女孩撕开睡觉士兵的一双鞋子,用光的扦子。
当士兵醒来目瞪口呆地看着我们和他的鞋子,
他们看到了什么?
今晚,他们在勒尔纳街开枪射杀了五十个女人。
我坐下来写并告诉你我知道的:
一个孩子通过把世界放在嘴里来学习它,
一个女孩成为一个女人和一个女人,大地。
身体,他们因为所有的事情责难你,他们
在身体中寻找身体中不存在的东西。

问题

什么是一个女人?
两场炮击之间的寂静。

然而，我是

然而，我是。我存在，我有
一个身体。
当阿努什卡

拿我的手指
放在她的嘴里，她
咬。

孩子，我们如何生活在大地上？
如果我能听到
你，你会说什么？

你的回答！

在大地上我们可以做
——我们能吗？——

我们想要做的。

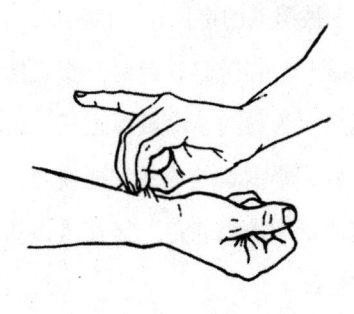

大地

审判

抱着那个孩子，好像吊着骨折的断臂，加莉亚慌张地走过中央广场。特德纳街上被炸毁的建筑物，只剩下残立的门框。门框和木偶们在它们的把手上晃来晃去，一个木偶，为一个被射杀的市民。

在人行道上，邻居们看到两个女人挡在了加莉亚前面。我的姐姐因为你的革命被抓走了，说着朝她的脸上啐了一口。另一个揪着她的头发拖拽着，我要敲开你的头骨搅乱你的蛋！她们夺走阿努什卡，然后在面包店后面拖拽着加莉亚。

市场到处都是摊主们打着的哈欠和未打包的货物。摊主在扫地。加莉亚在巷子里绊了一下，紧紧抓住第一个遇到的邻居，然后另一个。她追赶着抱走阿努什卡的女人。他们用扫帚把她推开。

她大喊。

他们指指他们的耳朵。

优雅地，我们的人民关上了他们的窗户。

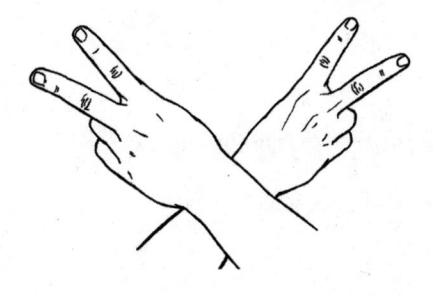

城镇观看

瓦森卡人追逐

我们在街上看到她在我们之间弯曲,
她的脸拉低

就像她外套上的拉链一样
亲爱的邻居们！她大喊,

亲爱的邻居们！了不起的家伙们！
她就这样对我们大喊。

挖个好洞！
把我埋在鼻孔里

朝我的嘴里多铲些像样的黑土。

匿名

至于加莉亚妈妈的棺材,它噎住了
我们不得不在楼梯间倒着来抬它。

那里有太多的尸体,
活人不够——
耳朵过多,没有人去拥有。

在这段时间
每个人都为国家做些贡献。
有些人死了。
其他人发表演讲。

人太多了但是人手不够
洗加莉亚妈咪的身体,修剪她的指甲——
这最后的
礼仪
在我们的土地上展示。

今天
我旋紧了一个人的表情

虽然我很大程度上是动物
但我是螺旋形的动物

从葬礼到他的厨房,大喊:*我来了,上帝,我在向你*
　奔跑——
在大雪飘旋的街上,我站起来像根旗杆

没有旗帜。

是的，在某些夜晚

我们的国家投降了。

多少年后，有人会说这一切都没有发生；商店照常开门，我们也很高兴，去公园里看木偶戏。

是的，在某些夜晚，镇上的人将灯光调暗并教他们的孩子手语。我们的国家是舞台：在巡逻队经过时，我们坐在我们的手背上。别害怕，一个孩子给一棵树做手势，给一道门。

当巡逻队经过时，大街上空了。空气也空了，为了弓弦的吱吱声，和那些木头拳头在墙壁上的砰砰叩击声。

我们仍然坐在观众席上

我们仍然坐在观众席上。沉默，
　就像错过了我们的子弹，
　　旋转着——

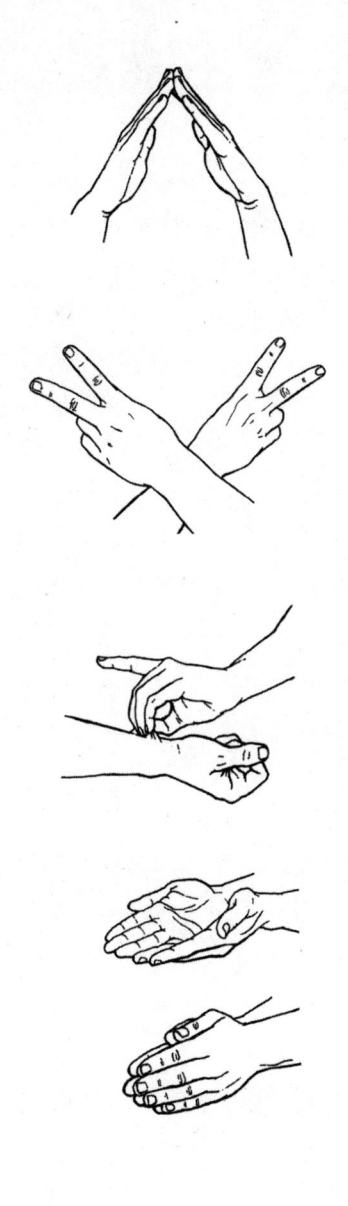

在和平时期

一个约莫四十岁的地球居民
我曾经发现自己生活在一个和平的国家。我看着邻居们
　　打开

他们的手机观看
一名要求男子出示驾照的警察。当男人摸起钱包时，
　　警察
开了枪。探入车窗。再开枪。

这是一个和平的国家。

我们把手机放在口袋里走了。
对牙医来说，
得开车接放学孩子回家，
买洗发水
和罗勒香草。

我们居住的是一个男孩被警察射杀的国家他躺在人行
　　道上
已经好几个小时了。

我们在他张开的嘴里看到
整个国家的
赤裸。

我们观看。观看
别人的观看。

一个男孩的身体躺在人行道上太像是一个男孩的
　身体——

这是一个和平的国家。

它用回形针夹住我们公民的身体
毫不费力，那也是第一夫人修剪脚指甲的方式。

我们所有人
仍需要做预约牙医的费力工作，
并记着怎样去调制
夏季沙拉：罗勒香草，番茄，这是一种快乐，番茄，加
　点盐。

这是在和平时期。

我听不到枪声,
但是看到鸟儿哗啦啦飞过郊区的后院。天空多么明亮
当林荫大道沿着其轴线旋转。
天空多么明亮(原谅我吧)多么明亮。

注 释

关于手语： 在瓦森卡，城镇居民发明了他们自己的手语。这些手语来自多种多样的传统（俄罗斯的，乌克兰的，白俄罗斯的，美国的手语，等等）。市民们在尝试创建一种当局不知道的语言时可能还制作了其他手语。

关于沉默： 聋子不相信沉默。沉默是倾听的发明。

附录

《聋哑剧院之夜》书评摘要和评论

伊利亚·卡明斯基期待已久的《聋哑剧院之夜》是一部当代史诗。贯穿始终的是深刻的想象力，只有诗人有能力创造一个最终也是我们的良心共和国。

——凯文·杨（Kevin Young, The New Yorker）

在这部非凡的长篇叙事作品中，卡明斯基将残疾重新想象为力量，将沉默重新想象为歌唱，创造了一个准确适应我们时代的灼热寓言，强烈吸引着我们的集体良知。

——克雷格·摩根·泰彻（Craig Morgan Teicher, NPR）

这本非凡的诗集由两幕剧组成，其中关于占领军杀死了一个聋男孩，村民们通过组成一堵沉默的墙作为抵抗的来源……这些诗赋予了世俗殉难以神圣戏剧的力量……高超而充满活力的想象力，罕见而美丽的诗意天赋……访问这个共和国将不会使读者无动于衷。

——《纽约时报》

卡明斯基要求我们重新评估自己的语言——关于聋哑文化——关于沉默本身——当语言处于一个更大的文化公共圈时，却表现出更尖锐的特征——《聋哑剧院之夜》就是这样一本高度娴熟、精心锻造的书。

——《洛杉矶书评》

《聋哑剧院之夜》是一部奇妙的书,包含有很出色的饶有意味的插曲,其中有暴力、温柔、欢愉和苦痛,种种混杂成民间剧,使人感受到原型,但又深入揭示了我们的当下。

——安德鲁·莫申(Andrew Motion)

我读《聋哑剧院之夜》时,带着一种极大的兴奋和深深的惊奇,这些书页中散发着愤怒、急迫和力量,还有一种伟大的救赎之美。伊利亚·卡明斯基的词语带有一种电流般的新鲜的嗡嗡声;阅读它就好像把你的手放在活生生的诗歌电线上。他是他们这一代中最有光彩的诗人,是世界上少数的天才之一。

——加思·格林威尔(Garth Greenwell)

(他的诗)令人脉搏加速跳动,如未被埋葬的矿藏闪耀,在想象力、政治、道德和个人的领域中全面开花,是一部雷霆般令人震惊的著作。

——简·赫希菲尔德(Jane Hirshfield)

《聋哑剧院之夜》带着来自《圣经·约伯记》和安娜·阿赫玛托娃的长诗的基因,由于它的表现范围和敏锐的艺术神经,卡明斯基剧院中耳朵和手势的表演是近些年来扣人心弦的诗歌叙事之一。

——瑞秋·伯斯特(Rachael Boast)

《聋哑剧院之夜》是一部令人惊叹的、珍贵的戏剧,就像马尔克斯和昆德拉最好的作品一样。并不是有很多美国诗人,也不是有很多其他任何地方的诗人在从事这样的写作。我认为它的出现是一个光辉的、开创性的时刻。读这本书,扑面而来的感觉是赞佩和愉悦。

——克莱默·道斯(Kramer Dawes)

在卡明斯基的《聋哑剧院之夜》里,"那里唯一的乐器是门"。这本书包含了一部管弦乐。它的故事是爆发性的、带着自身必然性的,跳动着一颗巨大深奥的和政治的心脏。

——杰克·安德伍德(Jack Underwood)

伊利亚·卡明斯基的写作流畅并达至想象力的层面,不仅仅是令人印象深刻的。在《聋哑剧院之夜》中,技术上的把握与诗歌的整体意识相结合,作为一个估量当代时代的空间,这里收集的诗歌都是例证。

——卡诺·钦贡伊(Kano Chingonyi)

卡明斯基不仅是一个超出预料的青年诗人,他还是一个可报以远大希望的诗人,我惊叹他的才华。

——卡罗琳·福奇(Carolyn Forche)

一个简单的事实是,作为世界上少数的跨越边界的诗人之一,他已经成为美国诗歌圈里一个离心的存在。伊利亚·卡明斯基身上带有伟大的俄罗斯传统的力量和可被辨识的明显的潜能。在公众眼里,诗歌是一种寡言少语的在场,(而卡明斯基)是即将到来的世纪中好的作家之一。

——S.J.福勒(S.J.Fowler)

伊利亚·卡明斯基像一个完美的园丁——他把俄罗斯更新了的文学传统继续嫁接在美国诗歌和遗忘之树上。

——亚当·扎加耶夫斯基（Adam Zagajewsk）

卓越，充满活力的想象，一种罕见的诗歌才华和美好的匀称。

——安东尼·赫克特（Anthony Hecht）

热忱，敢哭敢笑，直接和出人意料，伊利亚·卡明斯基的诗歌有一种辉煌的倾向和范围。

——罗伯特·平斯基（Robert Pinsky）

一个诗人如何使沉默可见？一个诗人如何阐释并照亮我们共同的聋哑？这是一本卓越的书，是我们时代伟大的交响乐曲之一。一次深深的鞠躬。

——科伦·麦凯恩（Colum McCann）

《聋哑剧院之夜》是一本非常完美的书。如此浪漫，又如此痛苦，令人惊叹的轻盈，但又有着如此沉重的重量。它向前而又向后言说，它直接进入了它创造的时代，而又以其非凡的美超越了它，这正是伟大的文学作品的方式。我将一遍又一遍地阅读它，随着世界的循环。

——马克斯·波特（Max Porter）

在《沉默的制图法》里，艾德里安娜·里奇写道："沉默可以计划/需严格执行……不要迷惑/没有任何理由缺席。"在伊利亚·卡明斯基的《聋哑剧院之夜》里，这样的迷惑是不可能的。书中瓦森卡镇的人民，震惊于对一个聋哑小孩的谋杀行动，他们"像人类旗杆那样站立"。通过他们的沉默，严格执行（的沉默），展示出的不仅仅是沉默的尊严，还是它们（沉默）的革命能力——一种警报的钟铃声，穿过并超出这些令人惊叹的诗歌本身。

——威尔·哈里斯（Will Harris）

凭借其充满魔力的英文行文风格，卡明斯基的诗歌仿佛是文学领域的夏加尔，它使万有引力定律失效，它将一切色彩重新打乱，然而这一切只会更加凸显出现实世界的真实。他的想象力是如此具有变革性，总能唤起我们相等的既悲伤又兴奋的尺度。

——美国艺术和文学学院"阿迪生·梅特卡夫奖"颁奖词（American Academy of Arts and Letters citation for the Addison M. Metcalf Award）

关于《聋哑剧院之夜》
出版前一些诗的初稿和最后定稿

在《聋哑剧院之夜》于2019年正式出版前，伊利亚·卡明斯基曾在美国芝加哥著名的《诗刊》（Poetry）杂志2009年第五期上发表了十六首选自《聋哑剧院之夜》初稿的诗作，这些诗作至今仍置于美国诗歌基金会网站卡明斯基网页的首页上。

对于这些诗作，卡明斯基当初在《诗刊》发表时曾有一个简单的说明：

这些诗作来自未完成的手稿《聋哑剧院之夜》。这个故事是关于一位孕妇和她的丈夫在聋哑小镇（剧院之夜里战乱肆虐）被占领时期的生活，它们是在东欧一所房屋的地板下发现的。存在着几种不同版本的手稿。

对照2019年正式出版的《聋哑剧院之夜》，我发现《诗刊》2009年第五期发表的这十六首诗，其中有些诗与最后定稿版本有很大差异，有些诗也未收入到出版的《聋哑剧院之夜》中。具体有以下几种情况：

一、初稿与最后定稿的"剧情"和人物设置不一样，例如初稿中的主人公阿方索（阿方索·巴拉宾斯基——木偶戏演员，索妮亚的新婚丈夫，第一幕中的"我"）还有一个理发师兄弟托尼，他教阿方索爱这个城市，同时他也追求阿方索的新婚妻子，但在出版定稿的全诗剧中，并没有阿方索的这个兄弟，因而像"For My Brother, Tony"（《给我的兄弟托尼》）这首诗和相关的诗最后未收入正式出版的《聋哑剧院之夜》。

二、有的诗中的具体"剧情"、细节和意象有许多重要变化，如初稿中的《阳光广场》与最后定稿的《蓝色锡皮屋顶上方，聋》就是同一首诗，但两者差异很大，甚至属于性质上的重大变化：

阳光广场（Sunlit Piazza）

我看着他们脸上喧响的兽骨我能闻到大地的气味。
我们的男孩想要在光天化日的广场上公开杀人。
他们拖着一个年轻的警察，一个手语在他的胳膊上摇曳
　　"我逮捕了瓦森卡的女孩们"
男孩们不知道该如何杀人。
理发店里的那个秃顶男人低声说，我会为一盒橘子杀了他。
在这个清醒的早晨，他们付了他一盒橘子。

秃顶男人来了，带着白毛巾和肥皂和一瓶白葡萄酒。

他吃打进杯子里的生鸡蛋。

并且在雪中闻到一滴柠檬的气味，

然后他把生鸡蛋扔进喉咙里就像咽下一口龙舌兰酒

他洗着他的手，把舌头放在牙齿所在的地方

我们的女孩朝警察的鼻子里啐唾沫

这是我们的人民冻结在大街上的唾沫。

那个警察很潇洒，男孩们抓他时他正在打排球。

鸽子落在停车牌上，任其摇晃。

给我们的男孩打手势：开始。

我们的女孩，湿润，长着雀斑，为自己画着十字。

秃顶男人用手势对墙说话。

他的湿眼睛在雨水中冒汗。

他跳上那个家伙，抱着他，一刀捅进他的肺。

警察们在人行道上飞蹿。

秃顶男子刺入空气里，用胳膊和腿在人群中铲出一个洞。

在聋耳朵中没有洞里的那种尖叫。他亲吻

他同学的这个一百五十磅重的身体。

是女孩们带走了大地

并把它放在她们的衬衣里。

蓝色锡皮屋顶上方，聋

我们的男孩想要在光天化日的广场上公开杀人。

他们拖着一个醉酒士兵，绕着他的脖子打了一个手语：

  我抓走了瓦森卡镇的女人。

男孩们不知道该如何杀人。

阿方索做手势，我要为一盒橘子杀了他。

男孩们付他了一盒橘子。

他往杯子里打了一个生鸡蛋，

在雪中闻到一滴橘子的气味，

他像喝伏特加酒一样把鸡蛋吞进喉咙里。

他洗手，穿上那红色的

袜子，他把他的舌头放在牙齿上。

女孩们朝士兵的嘴里啐唾沫。

鸽子落在停车牌上，任其摇晃。

一个白痴男孩

在咕哝，耳聋万岁！并向士兵啐了一口。

在广场的中心

一名士兵跪下乞求，而镇上的人摇头，指指他们的耳朵。

聋高悬在蓝色锡皮屋顶

和铜铁檐角的上方；聋

被桦树、灯柱、医院屋顶和铃铛喂养；

聋歇息在我们男人的胸膛上。

我们的女孩做手势，开始。

我们的男孩，湿润，长着雀斑，为他们自己画着十字。

明天我们将像狗的瘦肋骨一样暴露
但是今晚
我们毫不在乎说谎：
阿方索跳上那个士兵，拥抱他，一刀捅进肺。
士兵们在人行道上飞蹿。
城镇看着这些乱叫的野兽
在他们的脸上，闻到大地的气味。
偷橘子的是女孩子们
把它们藏在她们的衬衫里。

前后对照，杀人和被杀的"警察"变成了"醉酒士兵"（这关涉到整个剧情结构的变化），"理发店里的秃顶男人"直接变成了阿方索。改定稿不仅出现了更多"聋"和手势的描述，而且把"聋"作为诗题，置于"蓝色锡皮屋顶上方"，正是在它的统领下，蓝色锡皮屋顶，镇上的男孩、女孩和居民们，复仇的阿方索以及铜铁檐角、桦树、灯柱、医院屋顶和铃铛，一起达到一个极限状态，共同构成了一个"良心共和国"。这些重要的改写，使这首诗发生了性质上的变化：它成为全诗剧的一个主题性支撑和抒情高潮。

此外，定稿中增添的"明天我们将像狗的瘦肋骨一样暴露／但是今晚／我们毫不在乎说谎"也非常好，语言生动，也暗示了赴死的决心；诗的结尾把"大地"变为"橘子"，不仅和上文相关联，也更为贴切，"偷橘子的是女孩子们／把它们藏在她们的衬衫里"，更富有现场感和某种秘密的意味。

三、虽不涉及"剧情"等方面的变化，但一些重要诗作都有重大修改，如这首《这样的故事是由固执和一点空气编成的》，初稿为：

Such is the story made of stubbornness and a little air,
a story sung by those who danced before the Lord in quiet.
Who whirled and leapt. Giving voice to consonants that rise with no protection but each other's ears.
We are on our bellies in this silence, Lord.

Let us wash our faces in the wind and forget the strict shapes of affection.
Let the pregnant woman hold something of clay in her hand.
For the secret of patience is his wife's patience
Let her man kneel on the roof, clearing his throat,
he who loved roofs, tonight and tonight, making love to her and her forgetting,
a man with a fast heartbeat, a woman dancing with a broom, uneven breath.
Let them borrow the light from the blind.
Let them kiss your forehead, approached from every angle.

What is silence? Something of the sky in us.

There will be evidence, there will be evidence.

Let them speak of air and its necessities. Whatever they will open, will open.

这样的故事是由固执和一点空气编成的，

一个在上帝面前静静跳舞的人所唱的故事。

他旋转和跳跃。给升起的辅音以声音

没有什么保护，只有彼此的耳朵。

我们是在我们沉默的腹中，主。

让我们在风中洗脸并忘记钟爱的严格造型。

让孕妇在她的手里握着黏土那样的东西。

因为忍耐的秘诀就是他妻子的忍耐

让她的男人跪在屋顶上，清着嗓子，

那个爱屋顶的人，今晚和今晚，与她和她的忘却做爱，

一个男人心跳加快，一个女人挥着扫帚跳舞，呼吸急促。

让他们借用一点盲人的光。

让他们亲吻你的额头，靠近你，从各个角度。

什么是沉默？我们之内某种天空的东西。

那里会有证据，会有证据。

让他们谈论空气及其必需性。无论他们打开什么，都会
　打开。

出版时的定稿为：

这样的故事是由固执和一点空气编成的——
一个在上帝面前无语跳舞的人签名的故事。
他旋转和跳跃。给升起的辅音以声音
没有什么保护，只有彼此的耳朵。
我们是在我们安静的腹中，主。

让我们在风中洗脸并忘记钟爱的严格造型。
让孕妇在她的手里握着黏土那样的东西。
她相信上帝，是的，但也相信母亲
那些在她的国家脱下鞋子走路的
母亲。她们的足迹抹去了我们的句法。
让她的男人跪在屋顶上，清着嗓子
（因为忍耐的秘诀就是他妻子的忍耐）。
那个爱屋顶的人，今晚和今晚，与她和她的忘却做爱，
让他们借用一点盲人的光。
那里会有证据，会有证据。
当直升机轰炸街道，无论他们打开什么，都会打开。
什么是沉默？我们之内某种天空的东西。

在改定稿中，第一节中"所唱的故事"变成了"签名的

故事",更耐人寻味,更有"担起责任"的意味。第二节中增添的三句也很重要,使全诗更耐人寻味,更富有悲痛而从容的尊严感:"她相信上帝,是的,但也相信母亲/那些在她的国家脱下鞋子走路的/母亲。她们的足迹抹去了我们的句法。"尤其是这最后一句,堪称是一个诗人应时时记住的名句了。

至于初稿中的"让他们谈论空气及其必需性。无论他们打开什么,都会打开"变为"当直升机轰炸街道,无论他们打开什么,都会打开",更合乎当时的情景,更能把我们带入一种灾难和决断的"现场";而把初稿中倒数第三句的"什么是沉默?我们之内某种天空的东西"调到全诗最后作为结尾,不仅更能压住全诗,也使全诗更富有了意味。

四、初稿中还有一些诗,如"Motionless forgetful music of women and men"(《女人和男人的静止的健忘音乐》),因为其结尾一句"I must from the blind borrow this light"("我必须从盲人那里借光"),后来被诗人用在了其他的诗中(见《这样的故事是由固执和一点空气编成的》),未收入最后出版的《聋哑剧院之夜》中。"Don't forget this"(《别忘了这个》)等诗,可能从整体结构上考虑,也未收入。

总之,从2009年发表的这些初稿,到2019年正式出版的诗集,表明了《聋哑剧院之夜》经历了一个长时间的酝酿、创作和反复修改的过程,直到它最终成为一部精心锻造、令人赞叹的杰作。而在这个修改过程中,我们不仅看到了诗人是怎样在全力打造这部作品，也感到了他是怎样在一步步走向一种更高意义上的成熟。

这是我在这里介绍关于《聋哑剧院之夜》的初稿和定稿的初衷。我相信提供并对照这些不同版本并不多余。因为美国芝加哥《诗刊》和美国诗歌基金会网站都很有影响力，卡明斯基在2009年发表的这十六首诗也很容易流传，我希望人们在引用或谈论《聋哑剧院之夜》时，能以诗人最后改定和出版的版本为准。

王家新

2021年3月

翻译作为"回报"

——卡明斯基对茨维塔耶娃一首诗的翻译

雏既壮而能飞兮,乃衔食而反哺。

——《初学记·鸟赋》

在一篇谈策兰、谈策兰与语言的关系的访谈《语言,永远不能被占有》[1]中,德里达这样谈道:

但是继承并不是简单被动地接受已经在那里的东西,像某种财产一样。继承是通过转化、改变、移植而达成的重新肯定。……那是一种悖论,在他接受的同时,他也给出。他收到一份礼物,但是为了能以一个负责任的继承人的身份收到它,他必须通过给出另外的东西以回应那份礼物,也就是说,通过在他收到的礼物的身体上留下印记。

德里达在这里谈的是一个诗人与他所接受的语言文化遗

---

[1] Jacques Derrida: *Sovereignties in Question, The Poetics of Paul Celan*, Fordham University Press, 2005.

产的关系，但它对于我们认识翻译，尤其是"诗人译诗"同样有效。这里，我首先想起了从苏联移居到美国的年轻优秀的诗人卡明斯基对茨维塔耶娃作品的翻译。

伊利亚·卡明斯基，1977年生于苏联敖德萨市（现属乌克兰）的一个犹太裔家庭。他十二至十三岁时即开始发表散文和诗，出版过小诗册《被保佑的城市》。苏联解体后排犹浪潮掀起，他随全家以难民身份来到美国，并开始学习以英语写作，2004年出版英文诗集《舞在敖德萨》，在美国一举成名，受到了包括默温、平斯基、扎加耶夫斯基等在内的一些著名诗人的称赞，并在美国多次获奖。

卡明斯基的一些诗作曾被明迪译成中文。我读过他的献给策兰、曼德尔施塔姆的诗篇，没想到他也从事翻译，而且翻译的是茨维塔耶娃！今年2月，当我意外得到一本他和美国女诗人吉恩·瓦伦汀合作译介的《黑暗的接骨木树枝：玛丽娜·茨维塔耶娃的诗》（Alice James Books，2012），我的直觉马上告诉我：这里面有一种"天意"，这里面会有着同一精神血液的循环！

《黑暗的接骨木树枝：玛丽娜·茨维塔耶娃的诗》使我在一个春寒料峭的季节里又开始了"燃烧"。那里面的译作，几乎每一首我都很喜欢，它们有着生命脉搏的跳动，使人如闻其声的语感，高难度的诗艺转换，以及来自语言本身的"击打"和"闪耀"（"有些人——石头做成，另一些——泥塑，/但是无人像我这样闪耀！"茨维塔耶娃）。现在，我们来看他

们翻译的茨维塔耶娃《书桌》组诗中的第二首:

The Desk

Thirty years together—

Clearer than love.

I know your grain by heart,

You know my lines.

Wasn't it you who wrote them on my face?

You ate paper, you taught me:

There's no tomorrow. you taught me:

Today, today.

Money, bills, love letter, money, bills,

You stood in a blizzard of oak.

Kept saying: for every word you want

Today, today.

God, you kept saying,

Doesn't accept bits and bills,

Nnh, when they lay my body out, my fool, my

Desk, let it be on you.

书桌

三十年在一起——
比爱情更清澈。
我熟悉你的每一道纹理,
你了解我的诗行。

难道不是你把它们写在我的脸上?
你吃下纸页,你教我:
没有什么明天。你教我:
只有今天,今天。

钱,账单,情书,账单,
你挺立在橡树的旋涡中。
一直在说:每一个你要的词都是
今天,今天。

上帝,你一直不停地说,
绝不接受账单和残羹剩饭。
哼,那就让他们把我抬出去,我这傻瓜
完全奉献于你的桌面。

"Thirty years together—/Clearer than love"（"三十年在一起——/ 比爱情更清澈"），一出来就是一句伟大的、不同寻常的诗！相比之下，我们看到的其他一些译文（如"整整三十年，我们的结合——比爱情更坚贞"等等），不仅不够简洁有力，它们所袭用的"比爱情更坚贞"之类，也一下子快成了陈词滥调（虽然它们在字面上有可能是"忠实"的）。

看来，卡明斯基对自己的翻译，首先就定位在"刷新"上。在英语世界里已有诸多茨维塔耶娃诗歌译文的背景下，如果不能通过翻译来刷新和深化人们对一个诗人的认知，这种翻译还有什么意义？

当然，这种语言的刷新，不是表面上的。作为一个来自乌克兰的诗人，卡明斯基熟知茨维塔耶娃的技艺，更重要的是，他对茨维塔耶娃有着比其他译者更为透彻的了解，因此他会这样来翻译，"比爱情更清澈"。这里不仅有一种语言的清新，也更令人震动，更耐人寻味，因为它包含了肉体与灵魂、世俗之爱与精神之爱等更丰富的层面，这就是说，在清澈下面有潜流、在赞美之中有伤痛——我们甚至可以通过这样的诗句体会到诗人是带着怎样的一种内心涌动来到她的"书桌"前的！

这是我们的读解和领会。但是一个译者要做的，不是解释（因为一解释就成了散文），而是"呈现"。"I know your grain by heart"（我熟悉你的每一道纹理），这里，"grain"一词（它的首义为"谷物"，也包含树木或石头"纹理"之义）的运用，就比其他译文的"皱纹"要好（对此可对照苏杭等人的中译）。这样的翻译，带着事物本身的质地，而非多余的、不必要的解释。

"Wasn't it you who wrote them on my face?"（难道不是你把它们写在我的脸上？），这一句反问得好！不仅使全诗波澜陡起，而且由此确立了"我与你"的主从关系，体现了一个诗人对其命运更深刻的辨认。这里，卡明斯基所运用的"write"（写）也非常有力，它带着生命本身的"姿式"，并耐人寻味（对此可对照苏杭的中译"难道不是你使我的皱纹增添？"）。"写"，一个诗人就是这样被"写"入其命运的，或者说，被"写入那／伟大的内韵"——策兰在献给茨维塔耶娃的诗篇《带着来自塔露萨的书》中就有着这样的诗句！

我们还要问：被"谁"写——被这张神秘的"书桌"？被一个诗人一生所侍奉的语言本身？如果我们这样追问，我们就抵及这首诗最根本的内核：一个诗人与语言的关系。对这种关系，海德格尔、德里达等哲人已有很多富有洞见的阐述。这里我要说的是，正是这种与语言的关系，不是与任何情人，甚至也不是与她的祖国，对茨维塔耶娃来说，构成了最根本意义的"我与你"的关系。在这首诗中，"我"就这样来到"你"的面前：对话、承受，并且如我们会在最后看到的那样——献身。

这也就是为什么卡明斯基会在译诗集后面那篇介绍、读解茨维塔耶娃的长文中一开始就这样写道:"作为一个女孩,她梦想着在莫斯科的大街上被魔鬼收养,成为魔鬼的小孤儿。……就在这座莫斯科城的中间,玛丽娜·茨维塔耶娃想要一张书桌。"

令我们感动甚至惊异的是,无论一生怎样不幸,茨维塔耶娃一生都忠诚于她的"书桌",忠诚于她与诗歌本身的这种契约,因为这也就是她与她的上帝的契约,任何力量都无法打破。卡明斯基在他的长文中,还引用了茨维塔耶娃流亡国外期间写下的这样一句话:

"我的祖国是任何一个摆着一张书桌的地方,那里有着窗户,窗户边还有一棵树。"

这里,一张书桌——窗外的一棵树——更远处隐现的"语言的密林"(这是本雅明《译者的任务》中的一个隐喻)——对茨维塔耶娃这样的诗人来说,就是她的"祖国",就是她为之献身的一切!(需要点明的是,这里所说的"语言",也不仅仅是"母语"可以涵盖的,它就是那个绝对的语言本身。)

因而,《书桌》这样的诗,绝不是人们通常所说的"咏物诗"(诗人"不是意象的制造商",曼德尔施塔姆)。在这样的诗中,如用海德格尔式的语言来表述,那就是:"我们的命运发生了。"

现在我们再回到这首诗的具体翻译。第二节的第二句"You ate paper, you taught me"（你吃下纸页，你教我），简洁有力的句法，不仅让我们仿佛听到了纸页的哗啦声（对此可比较苏杭的中译"你吞噬了纸张一卷又一卷"），而且以比原文更多的重复（"你教我"在原文中只出现了一次），步步进逼，不仅有一种诗的节奏，也更有力地传达出那种存在的迫切感——一切都指向了一个诗的"当下"！

而到了第三节，"Money, bills, love letter, money, bills, / You stood in a blizzard of oak"（"钱，账单，情书，账单，/ 你挺立在橡树的旋涡中"，从中文表达考虑，我的中译去掉了后面的一个"钱"），对卡明斯基这样的天才译者来说，"创造"的机运又来了——"你挺立在橡树的旋涡中"，这是多么大胆而又令人振奋的一句！（对此可比较苏杭的中译"无论是金钱，还是寄来的信函 / 都被桌子丢到了一边"）这一句在字面上可能不那么"忠实"，但正是这一句，使原著的生命在一瞬间得到了"新的更茂盛的绽放"！

换句话说，也正是这一句，使茨维塔耶娃成为茨维塔耶娃。

还应留意的是，原诗中的"信件"在卡明斯基的译笔下被具体为"情书"，这不仅和诗一开始的"比爱情更清澈"构成了呼应，而且再一次伸张了一种尺度。这种更伟大的生命尺度，让我联想到茨维塔耶娃自己的另一句诗，那就是：

"生命有更伟大的眷顾已够了，比起那些／爱的功勋和疯狂的激情。"(《躺在我的死床上》)

同时，译文中所增添的"账单"，也很耐人寻味。这个看似不起眼的细节，构成了一个重要的隐喻。的确，诗人都是"欠了债"的：生命的债，"上帝"的债，语言本身的债。而欠了债就得"还"。这就是为什么茨维塔耶娃会献身于诗歌的深层动因。这样的诗人让我们敬佩，也就在于她以她的全部勇气承担了这一命运。

至于全诗的最后两句，这里要特别点出的是，"nnh"这个俄语中的语气感叹词也是卡明斯基大胆加上去的（我姑且译为"哼"），以形成一种节奏上的"换气"，并使语调显得更为真切、微妙和丰富。而卡明斯基为何想到要加上这个原诗中也没有的"nnh"，这也是"有来头"的——这出自茨维塔耶娃本人。在卡明斯基的那篇长文的最后，他引出了一段茨维塔耶娃在其生命最后时期所作的笔记：

我的困难（在诗的写作中——而其他人的困难也许是怎样理解它们）在我的目标的不可能中，举例讲，怎样运用词语来表现呻吟：nnh, nnh, nnh。为了表现这声音而运用词语，运用其含义，以使这唯一的东西留在耳朵中，这便是nnh, nnh, nnh。

"nnh, nnh, nnh"，这是发自体内的最真实呻吟。这是生命的呻吟，也是死亡的呻吟。这是呻吟，但也是呼唤。这是语言的黑暗起源和永恒回归。它很难译（有的中文译者在翻译这段话时把它译成了"哎——哎——哎"，显然，这不是"那么一回事"），更哲学一点来表述，它"不可被占有"（德里达《语言，永远不能被占有》），但同时又在诱惑着翻译，更热切地呼唤着翻译，"以使这唯一的东西留在耳朵中"……

卡明斯基就这样做出了他的大胆尝试。令人惊异，甚至可以说是在"冒险"。但在我看来，这首译作不仅充满了非一般译者所能具备的创造性，也达到了一种"更高的忠实"。它充满了乔治·斯坦纳在论翻译时所说的"信任的辩证，给予和付出的辩证"（《巴别塔之后》）。卡明斯基对茨维塔耶娃的翻译，正是在相互"信任"的前提下（他深深认同茨维塔耶娃，而他的茨维塔耶娃也"允许"他这样来翻译），使翻译同时成为"给予"和"付出"的卓越例证。

使我感叹的是，像卡明斯基这一代诗人，主要就是读茨维塔耶娃、曼德尔施塔姆等人的诗"长大的"，现在是他们通过创造性的翻译来从事"回报"的时候了。他对得起"他的"茨维塔耶娃。他接受了来自茨维塔耶娃的馈赠，他也把一些东西"回赠"给了茨维塔耶娃。正是这种来自翻译的"回报"（由此我还想到了另一个词"反哺"——语言本身也需要"反哺"吗？是的，不然它就会衰竭！），如以上已讲过的，使茨维塔耶娃成为茨维塔耶娃——一个面貌一新、光彩熠熠的茨维塔耶娃出现在我们面前！

王家新

2013年6月

伊利亚·卡明斯基的著作一览

诗歌：

《舞在敖德萨》（2004）

《音乐人类》（2003）

翻译：

《黑暗的接骨木树枝：玛丽娜·茨维塔耶娃的诗》（2012，与简·瓦伦丁合作）

《哀悼冬天：盖伊的诗》（2012，与凯蒂·法丽斯合作）

《这座可悲的城市：波琳娜·巴尔斯科娃的诗》（2010，与凯蒂·法丽丝合作）

编著：

《以人类的形态我访问地球：远方的诗》（2017，与多米尼克·勒克斯福德和耶西·纳森合作）

《闲聊与形而上学：俄罗斯现代主义诗歌与散文》（2014，与凯蒂·法丽丝合作）

《房间里的上帝：诗人谈信仰》（2012，与凯瑟琳·托勒合作）

《向保罗·策兰致敬》（2012，与 G.C. 沃尔德里普合作）

《国际生态诗选》（2010，与苏珊·哈利丝合作）

聋哑剧院之夜
LONGYA JUYUAN ZHI YE

DEAF REPUBLIC by ILYA KAMINSKY
Copyright © 2019 BY ILYA KAMINSKY
This edition arranged with GRAYWOLF PRESS
through BIG APPLE AGENCY, LABUAN, MALAYSIA.
Simplified Chinese edition copyright:
2023 Guangxi Normal University Press Group Co., Ltd.
All rights reserved.
著作权合同登记号桂图登字：20-2022-252 号

图书在版编目（CIP）数据

聋哑剧院之夜 /（美）伊利亚·卡明斯基著；王家新译. -- 桂林：广西师范大学出版社，2023.7
（子午线诗歌译丛 / 王家新主编）
书名原文：DEAF REPUBLIC
ISBN 978-7-5598-5933-4

Ⅰ.①聋… Ⅱ.①伊… ②王… Ⅲ.①诗集—美国—现代 Ⅳ.①I712.25

中国国家版本馆 CIP 数据核字（2023）第 075096 号

广西师范大学出版社出版发行
　广西桂林市五里店路 9 号　邮政编码：541004
　　网址：http://www.bbtpress.com
出版人：黄轩庄
全国新华书店经销
北京中科印刷有限公司印刷
　北京市通州区宋庄工业区一号楼 101 号　邮政编码：101118
开本：880 mm × 1 230 mm　1/32
印张：5.5　　字数：42 千
2023 年 7 月第 1 版　　2023 年 7 月第 1 次印刷
印数：0 001~5 000 册　　定价：50.00 元

如发现印装质量问题，影响阅读，请与出版社发行部门联系调换。